受け入れるという情熱

峯澤典子

西原真奈美『迎え火』に寄せて

詩の言葉はだれのために生まれ、揺れ、惑い、留まり、そしてふたたび歩きつづけるのだろう。西原真奈美さんの待望の第一詩集『迎え火』。そこに静かに収められた一篇一篇は、語り手自身がおそらくそう問いながら、「あなた」とともに通り抜けてきたかけがえのない時間の軌跡として現れる。とくに唯一の存在である娘や父母という「あなた」。彼らの揺れやすい体温や心音に寄り添う言葉は、それ自体の明確な輪郭をはじめは持たない。人の痛みや沈黙や気配のかたちに沿って、言葉は自らを光や水のようにやわらかく変容させてゆく。他者の命の輪郭に限りなく優しく、ふれようとして。

見守り、ときに抱きしめる相手に沿って自らの輪郭を変えること。言い換えれば、自らが設定した境界をも超えること。そう覚悟した詩の言葉は、「あなた」の固有の命がありふれた情報や思い込みのなかへと組み込まれるのを防ぐかのように、だれとも異なる「個」の微細な変化を、「個」の状態のままですくいあげ、ときにはともに惑いながら記す。それは愛する対象の生と死、光と闇という明暗の「あわい」をともに行き来することでもある。

たとえば人の身体や魂という壊れやすい器が揺れ、そこで動かなくなるとき、語り手は自分にしかわからない小さな震えに目を凝らし、耳を澄ます。そしてその震えを迎え入れ、深く、受け入れる。

「凪　遠花火」という一篇にはこんな数行がある。

真上からの火の粉にも火傷しないほど
火だるまだった　わたしの
少しも望んでいないことを
受け入れるためだけの　夏があった

受け入れること。つまり受け身であることは、西原さんの詩においては、無力なことではない。「passion《パッション》」という単語には、よく知られる「情熱」という意味のほかに、「受難」という意味もある。本書の言葉にもまた、愛する対象を真に受け入れることを支えつづける情熱がその奥に秘められている。怒りや絶望や情という表面的な熱さを言葉のうえにむやみにさらすことのない慎ましさとたおやかさによって。

そうした静かな強さを芯に宿した詩のなかでは、「……られる」という受動態は、「……する」という能動態へと置き換えられる。たとえば「いつか砕けるものとして」という作品において、「砕かれる」という受難は、「砕ける」という意志へと変わるように。数々の受難を生きる意志へと変えてゆく凛々しくも孤独な眼差しは、情熱の季節を通りすぎたあと、どこへ向かうのだろうか。

詩集の掉尾を飾る作品「オラシオン　夏の庭」。ここで語り手は、母親の分身のような夏の庭と決別するために、「閉じよ」とあえて短く、思いを強く込めて告げる。それは新しい季節を「受け入れる」、いや、自らの手でふたたび始めようとする合図ではないだろうか。大きな喪失と別れのあとに広がる光の地平。澄み切ったこのまばゆさを、ぜひ体感してほしい。読み手であるあなた自身の情熱の記憶もまたそこに眠っているはずだから。

迎え火

西原真奈美

思潮社

目次

装画＝鴨居玲

迎え火　西原真奈美

父

サンサシオン

篠つく雨は光りの差異をなくし
病院の窓に縁どられた水田《みずた》は満ちても
あなたの呼吸だけが足りない
雨音の届かない　ここは
呼吸器だけの音がする

焚きしめたような祈りのなかで
今朝
あなたの匂いが変わった

サンサシオン
（もう　ここにはいないのね）
祖父母の最期を家で看取った日の　匂い
いのちと身体の残滓を
病ごと出し切ってゆく　たった小さなおむつのなかに

（逝くでな）
（わかった）
鼓膜は
いらなかった
父　サンサシオン

迎え火

父がいた部屋
そこから見る　日差しが落ちてゆく盆の庭は
しつらえる前の佇まいを見せる

迎え火を焚く
煙りの松の木の匂いが
いつまでも髪に残って
いないものがいるのだな　ここに

（這い出すまで寝かしておいたよ）
（おまえの小さなからだには
やわらかな産毛がふさふさと生えていた）
何度目かの
母の問わず語り

わたしの背中は産毛に守られ
しっとりとむず痒く
夏の天井
光りが縁どる硝子戸
じっと動けないわたしの
掃き出し窓への　もどかしい憧れ

小さな桐箱の
勾玉のかたちのへその緒は
箪笥のなかの記憶だけれど

母と焚く
三日逢瀬の
迎え火と送り火のなかで
滲みながら引き合うものが
確かに立ち昇ってゆく

かげろう橋

夜にまたがる長い橋
ヘッドライトに照らされながら
アスファルトの上
かげろうが飛び　果てている
最期に選んだ光りは　欄干から伸びた街灯
せめて土くれを　と
車を走らせながら指が冷える
その翅は一陣の風を待ちながら
弔い花のように無数に賭して

このほの白い墓地をどうやって渡ろう
夢のように　そろって
つかの間生きて　ついえたものたちを踏んで

せめて
うたかたをとことわに変えたかった
わたしの夏もここに投げ出して
みしみしと
みしみしと踏みしいて　渡ってゆこう

横浜外国人墓地

斜めの光りのパース
切り取られた真昼
鳥の影
もうひとつのパースが
低い雲に向かって
不意に落下する

光りを押し返す坂道の果て
開けた高みの

ピラミッド型の司祭の墓は
藍色にくすみ
人差し指で示しつづけていた天からは
ひどく遠かった

揺れる葉陰のあわいに
横たわる墓石
そこはひとつの窓のように開かれながら閉じて
隔てられた窓でも
差し出し方を忘れてしまわないように
差し出しつづけていたかったのに

その上にこぼれてくる
半透明に硬い　早すぎた光り

それでも
ほどけるときは開花に似て

風は
預けたものの結び目の
小さなほころびから　吹いてくる

横浜外国人墓地 Ⅱ

とろりとした新緑の葉かげに
横たわる　墓石

光りは
ホールケーキのように集まって
その上に　黄金色の猫がまどろんでいる
しまい忘れたふとんに
やわらかなくぼみをつけるように

ねえ　猫　そうして
きみは　まもる　とやくそくしたものと
出会えたのだろうか

光源

古びた医院の空調が低くうなって
忘れられた中庭の室外機が匂う

額の丸い反射鏡がハレーションをおこして
かたちのない光りの描線に　ま白く絡めとられていく

震える指先で眼球を覗かれながら
覗き返すと　いきなり消えるペンライト

暗転する　私　を

ここはやはり終わりの場所
光りをとらえる猫のように
どこまでも瞳孔を細めてゆけば
あちらとこちらが入り混じって
（いらない）　と言う

欲しがる前に失くしてしまったものを
身のなかに記憶したまま

中庭の湿った下草が　また　雨を呼ぶ
あなたを覚えつづける
やわらかなあらゆる場所が
点描になって私を描き出すから

同心円に激しく振り切る
闇の光源を
私の中心として

朔のすみか

「食べられるものが　なにもないの」
あなたは店の中で
不意に立ち止まる

床に沈んだカートは
檻のように冷たくて
黙りこんだ　あなたを乗せて帰る

（何をしたんだろう

何をしなかったんだろう）私は

身をよじるように食べ物から離れてゆく
緩慢な死と引き換えの今を
注意深く　選び取るために

豆乳だけを口にしても遡ることはできないのに

「ほんとうに痩せると　骨が寒いんだよ」

体臭も消えたあなたの薄い臥所
やっと繰り出された寝息は
とても　微かで
確かめるように　頬と鼻梁に触れる

凝らしつづけよ
必ず見つける者として
暗がりの中のすみか
あなたにかかる　朔の月

日課

「お母さん冷蔵庫に鍵をかけてほしい」

そう言ったあなたは、からだじゅうで泣いていた。
過食した後の嘔吐、胃液もなくなるまで繰り返すと、
右手甲の吐きダコはまた固くなり、倒れる寸前で引
き返し、長くまたすぐ始まる日課が　一日終わる。

それでも少しでもからだに残ってほしいと思いつづけ
る買いつづける。あなたの食べそうなもの怖がらない
もの手に取るあなたが口に運べるかもと思うもの。

冷蔵庫にしまうしまうしまう。それは、冷えたトルソみたいな。

はてしない不毛一緒という不毛共犯という不毛。「過食したくてデリヘルとかやっちゃう子もいるんだって、こわいね。」の言葉を反芻する不毛、それでも護りたいと、たくさん食べたら少し残るかもしれないと止まず思いつづける　不毛。

認知のゆがみっていうよね。もともとの認知のありかってどこなの。そこからしか見られないのにゆがみっておかしいじゃん。それがゆがみなの？　異端だってこと普通じゃないってことわかっているのにゆがんでるの？　認知。

けんこう骨の真ん中にホッカイロ　貼るとヒートテック一枚分違うよね。あんまり寒がるからお母さんが教えてくれた。ヒートテック三枚は標準仕様、そこに貼って四枚の温かさ、お母さんが教えてくれた　お母さん。

ある日閉じられ足を踏み入れられなくなったあなたの自室。わずかな気配で漂うようなあなたは、いっそう希薄になったけれど。わたしの中に広がってゆく見えない要塞。居間も和室も寝室もキッチンも食卓も小さな廊下も。わたしが守ってきた日常にも。

最初の一音の高さを覚えている。鳴き交わす鳥のはるか。朔の夜を重ねるだけのようなすみかで、アーチを描くために光り、かすかに言葉が生まれるところ。叶わなさを抱いてもほどけた結び目が覚えている「結ぶ」のかたち。

たこ焼きみたいなふわふわとして地味に手のかかるレシピに、一年半一緒の食卓に着けなかった娘がふいに座る。わたしも焼いていいかなタコ抜きの、と竹串を持つ。いいよ。

あなたがいつも手伝っていた
始まれば　見慣れた　風景。

トルソのように

食べることを止めた私の乳はその日からふっつりと止まった。じっとりと汗ばんだ体はとても熱く重たかったけれど、おまえの泣かない束の間だけ、ふたりの呼吸を夕暮れの風に添わせて歩いた。

私の肩にあごをのせ、ほどけるように抱かれながら遠ざかる家を見ていたおまえ。

(もう　戻れなくていい)

家のあった場所がぽっかりと見知らぬ場所になり、おまえと一緒に神隠しに遭いたいと、その裂け目に飲みこまれ二度とここに戻らなくていいようにと、家が見えなくなる曲がり角まではいっしんに歩いた。

気が付けば遠ざかりすぎた帰路。石段に腰をおろすと、お腹が空いたままだろうに泣かないおまえ。張ってこない自分の乳もこわくて、やっぱりもうだめかもしれないと思う。比喩ではなく食べ物は砂の味しかしなくて、砂を嚙んでも飲みこみ方がわからない。唾液はどうしたんだろうと思っているうちに、食べ物はなにもかも砂山になってしまう。

なぜ私はおまえの瞳がこわかったのか。終わりの近い夕焼けが光りと洞をこね合わせたトルソのように私たちを染めたとき、ふいに　わかる。

私は毎日あの家を燃やしてしまいたかったのだと。そればかりをほんとうは願っていて、おまえもろとも燃えてしまいたかったのだと。

（さあ　かえろう）
（どこに）
（それでも　あそこに）

食べられない私、乳を恋しがりミルクを拒む汗だくの泣き声、漏れないように雨戸まで閉め切った部屋。きっと今夜もそうかもしれない。でもひんやりとした小さな布団に座って、おまえのふかし芋のようなよいにおいのするやわらかな頭と、ちいさな背中の汗をぬぐおう。

あっ、わたし　ふかし芋なら食べられるかもしれない。

切っ先

半透明に煮くずれた
かぶのように
押し返してこないものを
安心して　壊す

ほんとうは丸い月の
欠けて光る　切っ先
うすずみのためらい傷は
わたしには　見えない

りんかくを失うとき
臨界をこえてしまった
その怖さを忘れて
切っ先のかたちを覚えているのは
わたしじゃない　ってことも

ピエタ

左腕の内側　刃を引いた右手
（押して切るのは肉　引くのは魚　刃物の使い方）

ならば
ひっそりと細まったあなたの腕は
陽射しを幾重にも拒んだ
波形の陰影の底
盲いた深海の真っ白な魚

等間隔に印された
ケロイドにならない細い動線
そこから滴るものが
ピエタの姿にあなたを縁どる

溢乳をぬぐった古いガーゼハンカチ
赤い刺繡の名前のふくらみ
たどるように
あなたにふれたい

約束

光りの蜜だけを吸い取った新緑のとろりとした甘さ
光りの中にいれば簡単だった　約束さえも
翻った光りは色を失った闇になり
そこにひっそりとした空洞《うろ》をつくる
伝わらないのは足りないからではなくて　多すぎるからだと
有刺鉄線の向こう　弔い布のような雲が流れ
景色を変えて晩夏が来る
誰といてもさみしいのに
小さな匂い袋をひそかに隠し持つのはなぜだろう

手放しても届けても痛みは同じなら
欲しがられる前に要らなくなってしまったものを
分かちがたく絶ちがたくこの身に孕みながら
果たされなかった約束は壊れたリングのように
もうなにひとつ綴じられない
なのにあなたはそんなにも易々と
一番やわらかいところを差し出すから
しんでゆくと決めた私は
もっとやわらかくなって溢れてしまう
窪みを残したまま
勾玉のかたちを真似て苦しいほど完結したかったのに

それでも初めはあったのだろうか

言葉になる前の　声になる前の　さざ波が集まり出す前の
回向のような　音叉のような　約束が

温めたミルクの膜みたいな雲間を剝ぎながら
とばりを越えて
離れていてもぶら下がり合わない腕と腕で
半音下がらないまま

表札

ここから見れば
不規則に流れてくる傘は
小舟のようで
逸れてくる　ひとつ　を探した
一枚のドアが隔てた
通過点のない　始まり　と終わり
痩せた耳のすくう音はこぼれて

内側の水滴も雨水に変わり
あなたの運んでくる
雨と外の匂いに
すぐに　飽和したけれど

どこにも行けないのに
（わたし）という表札に
なりたかった

白いコットンシャツからのぞく
ひざがしらで
泣いて

見えない同心円

光りすぎる真昼を
掻きまわして歩いた
乱暴に掬っても　大丈夫であるように
外側に折り返したジーンズの裾に
光りの滓をためる

ランドリールームにつづく廊下は
生ぬるくて
漂白剤を回し入れると

ものうい攪拌で真っ先に消えた　光りの滓
（ほら　ゆさぶられたくらいで）
たやすく満ちては　たやすく弾ける

置いたままの氷水はとけて
グラスの底の透明な輪
そこだけが結界を描いて留めている

凪ぐことなくかさなりあった
夏の手前　怖くなかった
えいえんとえんえんと私たち
盲いて描いていた
見えない同心円

夏の氷室

（逃げ水が揺れていたのはここでしたか）

あなたという幻想の突端で
摑み損ねるより先に初めからなかったものの中に絡め取られながら
あるはずのない熱量と湿り気と揺らぎの中にいるのでした。
近づいた分遠ざかる距離をこの腕いくつ分か測ろうとしたのに
祈ることを手放したわたしはその腕を自分をおし抱くために
使い果たしてしまったのです。

逃げ水の在処は草の臥所に隠された夏の氷室でした。
横たわる身体ひとつ分の棚をいただくための約束は
ただひとつ　透明な氷になることでした。
そのためにはあらゆる澱と最後の言葉を告げる前の呼吸と
ちいさなあわいも残さないまま
永い時間をかけて凍ってゆくことだと知りました。

（それは　ゆっくりと　しんでゆくことですね）
うなずきながらひんやりとした棚に素足をあずければ
くぼみからはじまる引き潮が土踏まずをかすめてゆくように
絶え間なく押し返していた熱さをもう
かすかに忘れはじめているのです。

こうしてゆっくりしんでゆけば

回向のようなあなたの名前もいつか忘れ
衣擦れと肌はひとつになって
境目を失いながら咲いたようにたわんで
透明な陽炎みたいな花になってゆけるのですね。

そうして最後に真夏の地表に差し出され
まろぶように逃げながら　わたしは消えてゆくのですね。

水際を侵して

リネンの白地図にずれていく子午線
引き直すたびに差し出した　ほんとうの　こと
　思いの丈ではなく　希望のなさによって干上がる
　やせてゆく　ちいさな眠り

水底の風景を変えるのは　光りを浴びたあとの藻色の澱だから
稜線は昏く凪いでみせる
　待っている　捨てられること　迎えられること

からだひとつ分の重さをはかるために　かさなりあった
　片足を失くした虫の　内巻の軌道
　紐づいたままの

密度を失いながら
わたしは一枚の付箋になりたかった
　濾しとるように映した　光りのパース
ひとがたの風紋　始まることのない風葬

繋がりたさのつぶてを　きつく締めた脇のくぼみに隠しても
球体をえがいて零れだしてしまう熱量
　にじむきざはしに淘汰はとかれ　改行された　ことづて
「離れて行ける　いちばん遠くへ」

名を呼ぶ非望と　あなたの静けさに撃たれながら
　閉じられた水の中の音叉　かすかに伝えられつづける
　　さざなみの回向
それでも　見上げる水面の淵は　いつまでも光っている
　水際を侵して

まなうら

浮遊するまなうらの昏さ
たたえるものを失った薄い耳朶が
あなたへの距離をはかる

縫合を忘れた空は
いつまでも閉じないまま
沈めた青をたずさえて
夜まで行こうとするから
風紋のような雲間を剝いで

破約の
烽火を上げる

乱数列の眠れぬ夜
束の間
（間に合わない夢）を見て
下る音階のはざまに
注意深く選り分けられた
あなたの「NO」を落とし込めば
隔たったものだけがたわんで
不規則な震えになる

瑣末な手のひらの手招き
私の　越せなかった冬

その中で
真似事のように
木蓮のかたちに凍てついている

野火のあとのアルビノ

身体は痛みのいれもの
野火のあと　アルビノ
切り分けられる前に終わる眠り
亀裂の水たまりが映している
反転した青空
好きだった世界は　喪をつむぐ
たわんだ網戸に濾された夕闇

光りは掬われ　影だけが残る
とても　とても小さかったあなたの熱量

数字だけが降り沈んでゆく　カレンダー
足首が冷えてゆく　心もとなさ
半眼に似たくるぶしは　夜の骨

不順に荒れ　雨　白く煙るほどの
ひとつの嘘も　約束もない
「果たさなかった」　が答えなら

灯りから垂れる　幕引きの紐
夢は覚めるものとして
そのまま明けない　未明の未読

野火にのこる　アルビノ
滅びの言葉は　知っている
「あなたは　いない」

閉じられたま白なくちびるは
開かれるまで
傷口の　かそけき表層として

凪　遠花火

遠花火は低く上がり
乾いた音を伝える
真上からの火の粉にも火傷しないほど
火だるまだった　わたしの
少しも望んでいないことを
受け入れるためだけの　夏があった

しなるトンボの宙返り
あのひとの背面飛び

高みの飛行機は
そら（宙）のまるみから　まんなか（中心）へ
あんなにも　光って

真夏の影踏み
光りだけを掬いたくて　飛んだ
きれいな膝っこぞうと　ふくらはぎ
（でも）
（わたしじゃ　なかった）

思いの丈ではなく
ついえた希みに凪いだとばり
はるかさを知るとき　初めて

祈りとともに消える
迎え火と送り火のように

遠花火
胸のあたり
その高さに

享けながら

この週末の雨を　なんと名づけよう
欲しいものはみな　間に合わないから
置いてきぼりのわたしを押し込んでいたTシャツ
裏返しに脱いで夜を剝ぐ
囚われ人の夜
同じキューブが零れ出す真夜中の冷蔵庫
閉ざされた世界が覚えている熱帯夜に
辿りなおす時間軸
跨ぐたびにこぼれてくる

あふれかえったものを享けながら
不意に気づいてしまう
ほんとうは　まだ　差し出したかったのだと

春嵐

温かい雨上がり
新聞のインクは濃く匂って
たたまれた綴じ目から滲んでくる

春嵐
深くさらわれた夜のあと
洗われて凪いだ庭に
打ち捨てられた縄とび
ひっかき疵のようなスタートラインが

あちらとこちらを隔てている
まだ仄か
熱を帯びて匂っているうちに
新しい靴をおろす

うすい陽ざしを好んで歩く
色水を薄めるように
薄めるたびに
そっと濾しとったおりが
ちぎり絵のように描きだす
はじまってしまった桜色
まだ染まれなくて
にげだした
春の　重さ

濡れたうろこ

夜の温度で膨らんだ部屋
逃げ場をなくした　熱い背中
不眠のまぶたがさ迷って
映したシンク

すべらかな冷たさ
ひんやりとしたステンレスの　音のない窪み
そのかたちに横たわり
三角コーナーの網目ごと身体に取り込んで

切りたい
閉じたい
捌きたい
流したい

熱を失った言葉は
管の中で
温まった水と生ぬるく循環して澱を作り出すから
腐敗する前に排水溝に押し流す

朝見つける
鈍色のうろこ

光るすべり台

「まだ遊びたい」と
泣きながら手足をばたつかせていたのに
抱き上げると　眠けにからだはゆるんで
汗をかいた髪から　真昼の日なたが匂ってくる

（取りこぼしたものを遠くまで拾いに行っていたら、
また帰り道がわからなくなってしまったよ。
うそだった。
ふり返りふり返り進めば迷わないっていうのは）

温まったてのひらに指をそえる
にぎり返してくる　きみに手をひかれて
あきることなく繰り返した
光る公園のすべり台をすべるように
今夜は眠りの淵を降りてゆこう

ひなた　おなか　せなか

ゆめの　なかの　はこは
ガラス　ごしの　ひざし
キミと　ひとつ　あびて
ひなた　おなか　せなか

たった　ままで　かれた
ふゆの　くさの　はらを
ふたり　わけて　あるく
ひなた　おなか　せなか

ひぐれ　なずむ　そらに
ホシは　あわく　ひかり
みっつ　みあげ　かぞえ
ひなた　おなか　せなか

つきの　ふねで　わたる
よるの　はこに　かえる
まるく　しかく　みたし
ひなた　おなか　せなか

いろみず

大きすぎる校舎とひとなみに
ピンボールのようにはじかれながら
うわぐつのままの　うら庭

貯水タンクのかげ
わすれられたあさがおやおしろい花で
かすかな　いろみずをつくった
とうめいな　いろみず

目をとじて　ひとくちのめば
わたしも　わすれもの　になれるきがして

あるだけでいたいものを
だれにもわたせなくても

まっていた

ひとりの　ひるやすみ

きおく

しろにぎんいろをまぜた
あきのひかりのなかを
でんしゃは　はしる

あなたのまちに
いちばんちかい　かわを　わたる
（いつからかわたしが　そうきめた　かわ）
それも　いっしゅんのこと

はるか　ということのたしかさに
うたれながら　さらされながら
とうかする　ひかり
こされてゆく　ざんし

あたたかくある
きおくのひかり
こしとられたもののなかに

さくらしぐれ

なじみぶかいかなしみと
ひとりしかえらべなかった　あい
かぜのかたちにふりしきり
よるべなくおちても
まぎれることをきらう

ちりしくなまえに
こえもなくふりあおげば
かさなることなくゆっくりと

きおくも　はなびらのくぼみのかたちにしずんで

そらせたはなさきからこぼれる
さだまらないひかりは
さがさなくていい

ひそまるまま
さくらしぐれ
ふれ

消印

花は覚えている
消すためではなく
印すための

書きなずみながら
そらせた花びらを切手にして

犬のいなくなった小屋
植え替える　あるじを失った鉢たち

二番子ツバメを待つ巣にも
陽はさして

なにも捨てなくてよいのかもしれない
発てる気がした春
名を呼ぶたびに
今もあること

淵の先

勢いよく彫られた氷山と海と水底に
ペンギンが遊ぶ　青の切子
まだあるのだろうか

永い間
記憶の中で　割れなかった切子

茶道の水屋で赤楽の茶碗があっけなく手の中で割れた
楽茶碗の軽さと

洗うためにかすかにかけた力と
ぱっくりと淵から割れていった感触を
今も手の内に覚えている

繰り返し繰り返し
砕けることを思い浮かべるようになったのは
私の淵を見つけたから

きっと　持ってはいけない
形のないものさえ

背中

手術もできず、特効薬のような抗がん剤もないとの説明と一緒に、母とむかえた告知。でも同じくらい辛くてきつかったのは、定期的な検査と、その後のドクターからの結果の報告。全ての検査データを把握してしまう明晰な母。消せない冷徹な数値。

帰宅してからも、ひとつひとつ指さして値を比較する。分からない検査項目の表記については、スマホで調べてくれという。その値の正常値も。スマホなどなくなればいいのに、分からないなあと言ってしまえたらいいのに、じっと待つ母が諦めないことを知っていても逃げたいと願う。緊張で唾液の止まった口腔が干からびても答えなければならないのに。
「何でだろう……」と呟かれること、尋ねられること、「結局は、ガンがね……」と答えられないこと。お互い答えが分かっていることを、答えてはいけない、聞きたくないことを口にしてはいけない、それが分かっていて、繰り返される会話。

憤りとしてとらえることで踏みとどまり、生かされる火口。火落ちさせないために、怒りを持ちつづけること、「何で」と繰り返すこと。そして共生するにはあまりに短い時間の中で、来年のことを思いながら、庭の鉢を丁寧に植え替える。また咲くからと豊かになるからと、そこに必ずいるかのように。受診日、車寄せで降ろした母のちいさな背中。駐車場から追いかける前に震えて深呼吸したこと。バックミラーに映る自分に「決して泣くんじゃない、震えてもだめ。」と言い聞かせたこと。青ざめて耐えられないと呻いたことも。

でも、永久につづかなかった、二回目の季節は半分もなかった。ならば、もっと笑ってあげたらよかった、際限なく嘘をついてあげたらよかった、偽薬でもなんでも特効薬だと飲ませてあげられたらよかった。ほんとうかもしれないと幕引きの紐を忘れる瞬間が、互いに持てたくらいに。

世界で一番ちいさくて辛かった背中
今も消えない背中が
リアウインドウに残っている

光りの腕《かいな》

〈記憶〉

「温かい汁で冷や麦を食べたい」
作るね　と立った台所
知ってるの　あなたの中の味や温かさに行き着けないこと
菜箸を握り　鍋にたっぷりの湯を沸かす
それを待つふりをして　私は動かないけれど
手を伸ばしつづけている　あなたの記憶に
もどかしく身をよじりながら

〈リノリウムの床〉

「全館面会禁止」
このまま　あなたと逢えないままお終いになるのか

禁止線の上に立ち尽くして　帰る
病院のリノリウムの床を這って
ナースステーションのカウンターを
すり抜ける　自分が見えるまで

〈風のかたち〉

「三年でなく　今年は一年のを」

そう言って　日記帳を選んだ
ふた月分も書ききれないと知らずに
「それでも生きたいんだよねぇ」と
日記帳を護符のように抱えて

入院中の　荷をほどく

最後に着ていた肌着が揺れている
洗うことができないまま
あなたの肩のかたちに

〈腕《かいな》〉

「三日逢瀬」

盆の迎え火をそう詠んだあなたを
最後は父が　連れ去るように
迎えに来たのでしょう
「身体はもう　ここに置いて」　と

（ほんとうはあなたに　抱きしめられた記憶がないことを
ついに　伝えられないまま）

光りだけはふんだんにと
あなたが愛した窓ばかりの家
最後は光りになることを知っていたの？
一面の光りになって

これからは　わたしがその中でひとり

（なくしたままの）
あなたの腕《かいな》を探せるように

ベッドサイド　サニーサイド

わたしを産んで
この世でいちばん
わたしを喜んでくれた
わたしを悲しんでくれたひとが
いなくなってしまった

手ひどい別れをしたとき
それじゃあおまえがあんまりじゃないか　と
わたしの涙が止まるほど
泣いてくれた　ひと

ベッドサイド　サニーサイド
もう　さがさなくてもいいんだった
夜闇のなか
あなたのベッド
寝息
掛けぶとんの下の　ちいさくなった身体

ベッドサイドにはみかん
目が覚めたときたべたくなるかもだから
置いておいてね

そして誰もいなくなった
ベッドサイド　サニーサイド

胸を叩いて
忘れないように
胸のくぼみにそうちゃくする
わたしのために泣いてくれたあなたを
あたたかなこぶしのようなみかんを

ベッドサイド　サニーサイド

いつか砕けるものとして

火葬されたあとの　人型の骨は
小さな骨壺に入るだけの大きさに砕かれながら
足のほうから順に入れられてゆく
「全部は入れられませんが、生きていたように残すためです」
焼き場の方の語りに
（これっきしの骨でどう歩くの）
それでも　死にまつわるひとつひとつは
後戻りすることは決してなく
静かな手順と様式に満ち　安心して泣いた

焼かれた骨はかさこそと軽く
治療や病巣での骨の変色は
いっとうもろい姿で　なお残り
あなたの体のここにガンがあって
ここが痛かったね
ずいぶんと広がり　悪さをしていたんだ
ありありと　今さら
のど仏を壺の一番上にそっと乗せれば
終わったことがほんとうに終わる

いつか　あそこに自分もいるのだ
砕かれるために
いつか砕けるものとして

オラシオン　夏の庭

青々と起立する
むせかえる草いきれ
焼かれながら　まなうらを赤くして
母の庭の夏草をひく

この庭こそ　あなただ
悴んでしまう日にも耐えたのは
春を信じていたからではなく
その中に　夏の庭を持っていたから

オラシオン
末期《まつご》のモルヒネに身を浸しながら
一晩中　空《くう》を掻いていた
あなたの行き着きたかった場所は
ここではなかったか

いのちに満ち　諦めることを知らない夏の庭に
「閉じよ」と告げるために
すべての草いきれに
落日の緞帳を下すために

まだ陽の高いうちに
足早にバス停に向かう

落陽をむかえれば
この庭は弔いの庭になり
あなたはそこに立っている

オラシオン　夏の庭

あとがき

高校一年の十五歳の終わりのある日、文芸部の顧問から「読んでみたら?」と渡されたのは、現代詩文庫『吉原幸子詩集』でした。その日から私は詩のとりこになりました。長いブランクをへて、詩を再開するきっかけになったのは、宮尾節子さんが開催していた「同時多発ツイート連詩・夏組」への参加でした。再びの熱病。それからの十年間は手作り詩集や詩と写真の冊子を作り続けてきました。

そんな月日のなかで、夢のリストの一番上になっていた詩集の出版。諦めかけたこともありましたが、ずっと詩とつながってこられたのは、吉原幸子さんの「街」の一節「さうして　かなしみにも陽があたる」、この言葉と陽がわたしを照らし続けてくれたからだと思っています。

この度、富山栄美子さん、宮尾節子さんと思潮社の藤井一乃さんのご尽力により、夢のリストの二番目、鴨居玲さんの「オラシオン・祈り」を装幀にという夢も、同時に叶うことになりました。本当にありがとうございました。迎えた火を、これからはいつか送ってゆく火として胸に灯し、向き合ってゆけたらと思っています。

西原真奈美

迎《むか》え火《び》

著者　西原《にしはら》真奈美《まなみ》
発行者　小田啓之
発行所　株式会社思潮社
一六二‐〇八四二　東京都新宿区市谷砂土原町三‐十五
電話　〇三‐五八〇五‐七五〇一（営業）
〇三‐三二六七‐八一四一（編集）
印刷・製本　創栄図書印刷株式会社
発行日　二〇二四年五月三十一日